CORRIDOS DE CABALLOS

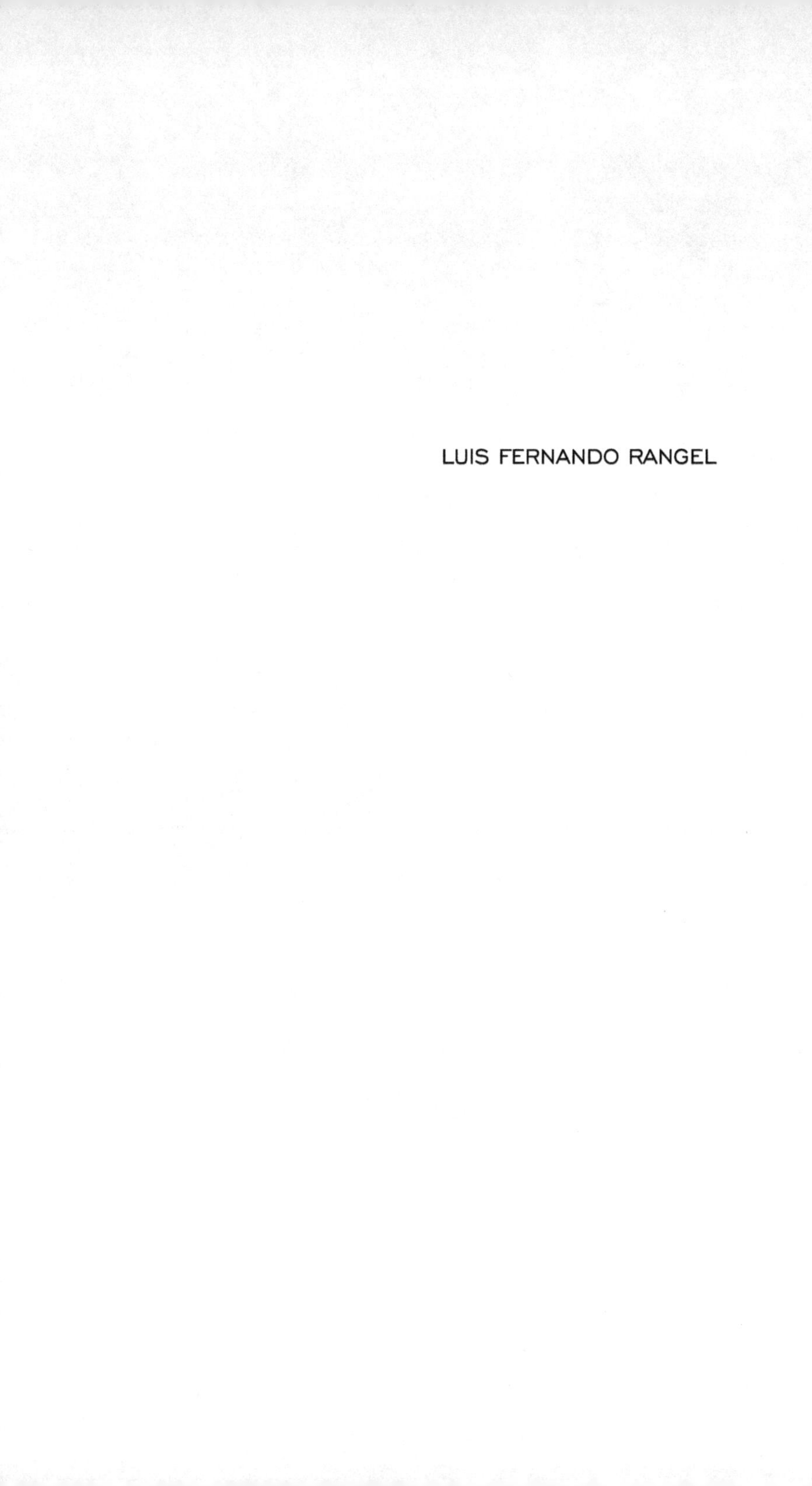

LUIS FERNANDO RANGEL

MEDUSA

Corridos de caballos

Luis Fernando Rangel

Premio Nacional de Poesía
Germán List Arzubide 2020

Primera edición, mayo 2021

Chihuahua, Chih., México.
medusaeditores@gmail.com

ISBN: 978-607-99148-2-0

Este libro obtuvo el IV Premio Nacional de Poesía "Germán List Arzubide" en 2020, que otorga la Secretaría de Cultura de Puebla. Parte de la obra fue escrita con el apoyo del Fondo Municipal para Artistas y Creadores del Instituto de Cultura del Municipio de Chihuahua en 2017, bajo el proyecto titulado "Contrabajo."

@medusaeditores

facebook.com/medusaeditores

CONTENIDOS

Corridos de caballos

Mi padre tenía un caballo
que yo nunca monté

cuatrialbo
cansado
viejo

se llamaba Calcetín
y no usaba herraduras

la herradura la guardó para coronar su sueño
y ahora un caballo cabalga en mi memoria

avanza
cruza valles y montañas
corre persiguiendo al viento
y después regresa
            despacio
a su galope

entonces el polvo se levanta
para recordarme que algún día
esta tierra habrá de sepultarlo todo

quizá por eso me cuesta trabajo respirar

inhalo
y una montaña
se me acumula en la garganta

toso
y levanto huracanes

en los pulmones contengo todas las palabras
como si quisiera recordar lo que mi padre me dijo
la tarde en que vine al mundo

guardo silencio
y mi madre me mira

un caballo cabalga en sus palabras
cuando tu papá
montaba a caballo

se iba al cerro
luego se compró
una motocicleta

y yo creo que una motocicleta
también puede ser un caballo

papá viajaba todos los días
montado en un caballo de huesos de metal:
el aceite fluía por sus entrañas
y desde lo más profundo de su engranes
la enfermedad se expulsaba como una flema negra
tan oscura y espesa como la maldición primigenia
que se arrastra de generación en generación

por eso en la sangre de papá corrían ríos de metal
y en sus pulmones la arena se cristalizaba
formando monumentales rosas vítreas

papá era minero
y respiró las esquirlas de la piedra
hasta morir

me heredó el dolor en el pecho
como certeza de la muerte
y el llanto que nunca derramó
sobre la tumba de mi abuelo

pero eso
en este momento
no importa

importa decir que viajaba en un caballo sin herraduras
que galopaba por la imaginación de mi hermano
y por la llanura más limpia del sueño

mamá lo esperaba en la casa

y papá sentía el viento moldear su rostro
a Calcetín no le gustaba la velocidad
y a mí siempre me ha dado miedo el viento

sin saber
compartíamos el mismo temor
que amaga con la caída de mi padre
y con el temor a las ruedas
porque las motocicletas
                    dice mamá
tampoco son seguras

de ahora en adelante
el galope de Calcetín resonará en la memoria
de la sangre

Calcetín tendrá que llevar herraduras

caballo de patas blancas
con herraduras de acero
hoy vas a brincar las trancas
antes que salga el lucero
y vas a llevar en ancas
a la mujer que yo quiero

papá no se robó a mamá en un caballo
pero la llevó a conocer la ciudad en su motocicleta

no hubo una cabalgata al horizonte
ni una serenata
pero hubo otras canciones

mi padre siempre cantó al lomo de Calcetín
y después encendió la radio en todos sus automóviles
para nunca olvidar las canciones de amor

ahora ya no hay caballo ni motocicleta
hay un automóvil en donde viajo con mi madre y mi padre

azul
como el mar
que no conozco

como el mar
que tampoco conoce
mi madre

un automóvil azul
como una mancha de agua
en medio del desierto

recuerdo
o es un ilusión
o es una alucinación
del oasis
del desierto
del paraíso

el automóvil es como el infierno

un horno que se quema bajo el sol
y no deja de arder
mientras corre veloz
como los caballos

entonces pienso en el sol y la arena
como se piensa en casa

pienso en los primeros pobladores
que viajaron por el mundo
sin galope
y sin ruedas

imagino una canción
para entender al mundo

una canción que tenga el mismo compás
que un galope
y el rugido de un motor
para cantársela a mi padre
frente a su tumba

primer ensayo

un caballo galopa
sobre las letras de una canción
que no sé cantar

¿cómo contar la historia
del día en que papá murió
y dijo que un caballo negro
se acercaba?

¿cómo decir que el caballo negro
se fue al norte y se perdió a lo lejos
donde tierra y cielo y mar
son la misma cosa?

un caballo galopa
y el golpe
de la herradura
contra el suelo
y del caballo dando tumbos
retumba
en mi memoria
y me hace pensar en tambores
y en las canciones que algún día
cantaré
frente a su tumba

y frente a una tumba
persigo las huellas de la historia

de los primeros cantos
y los primeros pobladores

can
          to
del
          nor
te

can
          to
a
          mi
pa
          dre

can
          to
a
          mi
ma
          dre

can
          to
tan
          to
llan
          to

ahora canto por el camino
y por la radio encendida

el carro es como una bestia difícil de domar
y pienso en que ya no galopan los caballos

el carro corre al filo de la carretera
como un ferrocarril feroz y fuerte

este carro podría ser un caballo

mi padre aprendió a cabalgar desde pequeño
y yo ni siquiera sé tomar un volante

el carro avanza
y los caballos no

a lo lejos
el ferrocarril

el carro se detiene
y los caballos no

¿cuántas máquinas se funden al sol
escapándose entre montañas y humo?

recuerdo que mi abuelo me enseñó a fumar

en aquel entonces el cigarro me hacía pensar en locomotoras
y ahora me hace pensar en cohetes

el ferrocarril es un cuchillo caliente
que parte al mundo

el caballo ya no corre
                    duerme

espera a un jinete que ya está muerto

cantemos dulces cantos fúnebres
para despedirlo

cantemos con la certeza de la muerte

siempre hay palabras
que al decirlas
retumban en la memoria
como el galope
de un caballo

un día mi padre dijo
se acerca un caballo negro
y fue tan cierto como su muerte

ahora un bandido cabalga
con un saco repleto de lágrimas
para darle de beber a sus caballos

y a veces
como papá
                    canta
canciones de amor

yo no sé cantar
ni sé guardar silencio

por eso enciendo la radio
y descubro los corridos de caballos
y de algunos traficantes famosos
de algunos pistoleros
                                    sin arma
que juegan a resucitar
cada tercer día
por las márgenes del río

de Reynosa hasta Laredo
se acabaron los bandidos
se acabaron los cuatreros
y así se están acabando
a todos los pistoleros

pero los pistoleros
no se han acabado

escucho la voz del locutor
                                        ansioso
que habla de cadáveres sin tumba

no sé si debería contarlo
                                    cantarlo

los pistoleros de fama
una ofensa no la olvidan
si se mueren en la raya
no les importa la vida
los panteones son testigos
es cierto no son mentiras

mi padre cambia de estación

mi padre
sentencio

mi padre
como si estuviera

todavía
entre nosotros

los recuerdos
son otra forma de vivir

de volver sobre nuestros pasos
como un caballo con las herraduras al revés

dicen que Villa
          por ejemplo
siempre le ponía las herraduras al revés a sus caballos
para engañar a los gringos

las herraduras al revés
le aseguraban la vida

y pienso que papá debió echar en reversa el carro
aquella tarde en que murió mi abuelo

¿qué ocurre en la cabeza de un niño
la primera vez que ve un caballo?

mi abuelo tenía un caballo
del cual no recuerdo el nombre
y tenía una mancha justo en la barriga
que parecía un bigote

la primera vez que vi un caballo lo bauticé
sin enunciar su verdadero nombre

no le dije *caballo*
ni le dije *animal*
le dije
        bigote

¿un caballo puede bautizar a su dueño?

a mi papá le gustaban los caballos
y las canciones de Antonio Aguilar

este es corrido del caballo blanco
este es corrido del caballo bayo
este es corrido del caballo
                                        rayo

            caballo
            muerto
            descansa
            en paz

mi padre guarda silencio
porque él sí aprendió los cantos más solemnes

ya no hay canciones de caballos
ni canciones de amor

a veces es mejor apagar la radio
pero   ¿cómo apagar el silencio?

yo no sé callarme

y hablo

y hablo

y hablo

y hablo

le narro a mi padre las aventuras de los vaqueros

ya no se escucha al locutor
ni al cantante
ni el zumbido molesto
de la estática

a lo lejos
el ferrocarril avanza
y muere

se cae al precipicio
del horizonte

me aclaro la garganta
y trago el polvo de las persecuciones
a caballo
o en troca

trago el humo del cigarro
y las locomotoras

papá
en el libro vaquero dice que Tom corre veloz
arriba de su caballo
mientras persigue a John

en la cantina todos beben
y festejan

luego
un par de balazos
algunos lagrimeos
el sorber de mocos
y un horizonte que se desdibuja

papá
cada quince días
podré leer nuevas aventuras
de vaqueros a caballo

papá
            aquí
sin vaqueros
y sin caballos
todos los días
hay un par de balazos
algunos lagrimeos
y un horizonte que se desdibuja

mi padre ya casi no lee libros vaqueros a todo color
donde los hombres de a caballo
corren más rápido que el viento

y sin embargo
sigue pensando que sus aventuras
son la cumbre de la heroicidad
del siglo veinte

y yo le digo a mi padre
que el siglo veintiuno
tiene automóviles híbridos
robots que hacen tareas domésticas
y poemas hechos en computadora
que hablan sobre lo que queda
del siglo veinte

el siglo veintiuno dejó atrás
los cuentos de vaqueros

pero él sigue empeñado en recordar
a aquellos hombres a caballo

honor
dice mi padre
es lo que le falta
al siglo veintiuno

y agita su pequeño libro
en el aire

quizá el último cuento de vaqueros del siglo veintiuno
lo atesora la memoria de una bala

el ferrocarril
sigue su marcha

la bestia corre más y más rápido
para huir de su condena

más y más rápido grita
más y más rápido llora
más y más rápido se retuerce en la línea
que divide el mundo

hasta que da a luz

y sus hijos
que también son hijos de Atlas
y le han de heredar el tedio
y el peso sobre los hombros
cargan ropa sucia
que lavarán en el río

el ferrocarril deja de correr
y mi padre apaga el motor
mientras termino de contarle
lo que hacen los vaqueros

ahora no hay caballos

sólo cuatro jinetes
que contemplan desde el otro lado de un río
un mancha azul en el desierto

un ferrocarril
y un caballo muerto

caballito blanco
llévame de aquí
llévame a mi pueblo
donde yo nací

ese día pronuncié un discurso en la esquina

sentado
frente a mis hommies
elevé la cabeza al cielo
y dije las palabras más hermosas que conocía
y todos lloraron

mira   carnal
aquí las cosas son diferentes

güacha la línea
y dime en qué piensas

los migras son aves de mal agüero
          ángeles de piedra y espina
          caballos que cargan noticias fúnebres
                    los heraldos negros
                    los jinetes del Apocalipsis
                                        pues

zopilotes que esperan devorar la carne
de los que mueren en el desierto

¿acaso esto es el paraíso?

güacha todos los cadáveres
y dime si no tienes miedo
cuida tus pasos

cuida el galope de tu caballo
cuida el rugido de tu ranfla

I walk the line
I walk in la línea
en el camino a la tierra de los muertos

—vamos al Mictlán —dice mi camarada chicano
pero yo digo que vamos al meritito infierno

papá se olvidó de los bandidos a caballo
y una tarde lo descubrí viendo una película
de narcos en camionetas
de trocas que zumban corridos
de guerra y de conquista
de vatos locos
de cuatreros
de bandidos
de cabrones
de chingones
y pendejos

carnal
mi ranfla rifa como carreta de rey

carnal
me cae de a madres que esta vida es el infierno y no chingaderas

and I said
¡viva México   cabrones!
¡viva el dos de noviembre!

en México la gente siempre está llorándole a la muerte
a los muertos

pero no se dejan de matar entre ellos
desde hace como doscientos
o trescientos años

se abren el pecho
en medio de un grito certero

¡viva México cabrones!

Mire, mijo, si a usted le preguntan de dónde es, les dice que es de acá. Les dice *Yes* y sacude la cabeza. Les dice que *Sí, señor,* que es gringo pero ha trabajado bajo el sol y por eso tiene la piel así. Les dice, mijo, que se chinguen, pero con los puros ojos. Y si quiere, mijo, les dice que no estén jodiendo, que esta tierra es de nosotros.

por eso es bueno recordar la historia

hay un herida que no ha terminado de cerrar
porque fue como si nos hubieran quitado un brazo

al menos eso dijeron mis maestros

lo recuerdo
una mañana calurosa el profesor no paraba de hablar

decía el santo y seña de los hombres muertos
que le dieron nombre a este país:
bautizaron hasta al viento con su sangre
y ahora bautizamos ciudades con sus nombres

se borraron los santos del calendario
para escribir el nombre de los mártires de la patria

ese día aprendí que la cuna de la revolución era Cuchillo Parado
y esa misma tarde les conté a mis padres

llegué a la casa cargando a la espalda el peso del mundo
porque en la mochila había libros de historia
geografía matemáticas y español
que me servían para conocer un fragmento de la existencia

papá cocinaba y mamá preparaba la mesa para la comida

les conté
en la escuela el profesor nos dijo

que la revolución nació aquí
y ellos se encogieron de hombros

mamá contaba los cubiertos
y papá bautizaba la carne con cerveza

alguno de los dos
o los dos —no recuerdo quién—
dijo que la revolución también murió aquí

con mi 30-30 me voy a marchar
a engrosar las filas de la rebelión
si mi sangre piden mi sangre les doy
por los habitantes de nuestra nación

papá tomó el cuchillo
y mientras hablaba cortó la carne

dijo algo sobre la muerte
y pensé en las batallas y las heridas
justo cuando vi la sangre corriendo por el filo del cuchillo
dibujando un poco de la historia de este país

ya nos vamos pa' Chihuahua
ya se va tu negro santo
si me quiebra alguna bala
ve a llorarme al camposanto

once upon a time en un país de muertos
unos vatos de a caballo
le hicieron la guerra al gobierno
por nada

su legado vale lo mismo
que las balas disparadas

su legado vale lo mismo
que sus muertos

su legado es su nombre
y las mentiras forjadas por sus hijos
y los hijos de sus hijos

también recuerdo algunas otras lecciones de la escuela

una mañana corrí bajo el sol en la clase de educación física
y el sudor me hizo pensar en los ríos y los mares

esa misma tarde vi un mapa
en donde estaban todos los municipios

todos los ríos
las montañas
las lagunas
los bosques
el desierto
la frontera

¿cómo todo eso cabe en un mapa?
¿cómo todo eso es devorado por una bestia?

sin embargo
había otra forma de entender el mundo

de pequeño me sentaba afuera de la casa
a jugar con el agua estancada en los botes

pensaba en el río de la frontera

las hormigas atravesaban el pequeño charco
y algunas se ahogaban
entonces ya no cargaban el peso del mundo
sino el de un millón de cadáveres

la frontera se convertía en la línea
con la que yo dividía la existencia

yo nací frente a una tumba

piedra donde yace sepultada la memoria

piedra que suena al golpe certero
de la pata del caballo

piedra que resuena al galope
de la memoria

que retumba cuando cae
sobre mis recuerdos
y sobre la tumba de mi padre

sobre esta piedra fundaré una iglesia
sobre esta piedra fundaré una ciudad

en la piedra cincelaré la memoria
porque las palabras se las lleva el viento
porque después de tanto repetirlo
aún temo olvidarlo

y pienso que esta ciudad es una tumba
una gran piedra sobre el mundo
un lugar donde descansan miles de muertos

sin embargo hay cosas de esta ciudad que me gustan

me imagino al lomo de Calcetín
recorriéndola

mientras la piedra
al golpe de la herradura
me cuenta su propia historia

la historia de todos nuestros muertos

¿qué me gusta de esta ciudad?

me gusta el vuelo de las palomas
espejo
de nuestras ganas de ser ángel

me gusta el correr de los perros en los parques

el viento que sacude las melenas de trigo y ceniza

el cielo que de tanto azul parece mar
y de tanto rojo parece lava
coronando tanto cerro

aquí no hay volcanes
pero el sol se derrama sobre todas las montañas

por eso me siento en la esquina
para ver el mundo derretirse
y pensar en el calor

porque en mis venas corre el sol
y la arena del desierto

y como mi abuelo
diré
que esto es un mar seco

diré
que el agua se la bebieron los guerrilleros

y los revolucionarios
los verdaderos chingones

luego diré
que es mentira

Villa rifa
Zapata rifa

pistolero
salvaje
warrior
ranger
pistolero
desenfunda tu arma
y dispara

bandido de a caballo
de a galope por el desierto
por la serranía
levanta nubes de arena
y torbellinos

pistolero
revolucionario
cabrón
porque eso sí
aquí se grita fuerte
y bien recio
¡soy hijo de la revolución

hijos de su chingada madre!
y nadie sabe qué es la revolución

nadie sabe
y algunos se atreven a decir
que es una cosa que ardió en las antorchas
y en las miradas de los pobres

la revolución fue la mentira más hermosa
de la historia

Villa fue el verdadero héroe

mentira:
Villa era un bandido

mentira:
Villa era un mentiroso

hay muchas mentiras
que nos gusta creer

una mentira
cuando es bien contada
deja de ser una mentira

cuando es cantada
                mejor

yo fui soldado de Pancho Villa
de sus dorados fui el más fiel
nada me importaba perder la vida
porque es cosa de hombres morir por él

a muchos no les gusta cantar
pero alguien tiene que hacerlo

inflo el pecho
aclaro la garganta
y comienzo

canta
oh musa
sobre la piedra
el relato de todas las cosas

el canto de la arena

canta a los vientos
los árboles
los llanos
y las dunas

canta al origen

hace mucho tiempo el hombre llegó a esta tierra
en caballos de metal que corrían sobre escaleras pegadas al suelo

pero alguien las arrancó para subir a las nubes
y se fue a la luna

¿te acuerdas del señor?
me pregunta mi madre

se llamaba Armando
y vivió en la sierra

en un pueblito en medio de las montañas

era amigo de mi papá
y hablaba rarámuri

a veces rezaba en rarámuri
y a veces se entregaba
a los rezos cristianos

Onorúame / Eyerúame

¿qué es lo que buscas?

¿a quién quieres convencer?

tuyo es el reino
tuyo el poder y la gloria
por siempre
amén

¿a qué dios debo rezarle?

virgencita perdóname
virgencita ampárame

virgencita   perdón
por mi vida loca

padre mío
escucha

padre de metal
padre de arena
padre de hormigas
padre del sol
padre de caballos

padre

en medio de la sierra una montaña se abre
para liberar el canto contenido en el pecho

las oraciones que nadie dijo

entre relámpagos
violines y trenes
el rarámuri danza
el *yúmare*
y Dios se acuerda de la lluvia

this words
caen
como las gotas de agua

it's time to salir a saltar en los charcos
aunque se enoje la jefita

sin embargo este lugar es un mar seco
que siempre seguirá seco
como los ojos del pueblo
que se bebió hasta la última gota de sangre

el galope del caballo que se pierde en la lejanía
me hace pensar en la música
que precede al fin del mundo

a los tambores
y a las danzas

imagino cómo un hombre en medio del río
toca el tambor

su voz se ahoga
en el rumor del agua

no canta
toca el tambor

llora y piensa en todos sus muertos
que ya no tocan el tambor
porque se ha roto
el cuero del tambor

recuerda el origen de mundo
como sólo un percusionista puede recordarlo

recuerda el día en que Dios caminó sobre el agua

pero él sólo es un percusionista triste
que toca el tambor en la noche triste
como el triste el canto del tambor

adiós percusionista
el río es una tumba maravillosa

ahí yo me moriré
a la orilla del río
donde antes de que te fueras
estabas siempre conmigo

el galope del caballo deja de sonar
y frena su marcha
para hacer una reverencia frente al río
o quizá para ver su reflejo en el agua
o quizá para ver los cadáveres de los peregrinos
de los pobladores sin tierra y sin nombre
de los muertos que cargan piedras al lomo
como monolitos fundacionales donde se cincelaron
las palabras de Dios

a ti no te lloraré
porque en mí has vivido
aunque no estés en el mundo
lo nuestro sigue en el río

si los peregrinos tuvieran caballos
podrían llegar más fácil a su destino
pero al trote del paso lento
sólo llegan
a la mitad

¿dónde quedan su risa o su canto o su llanto o su pensamiento?

lo que tú reíste
lloro yo
lo que tú cantaste
pienso yo
lo que tú quisiste
adoro yo

y allí estás
el río tiene tu risa
el río tiene tu voz
y en el eco de tu llanto
ahí me quedaré yo

a ver   carnales

¿ustedes de 'onde son?
¿qué cargan a la espalda?

sobre mis hombros
tengo la historia del calor
que se trepa por el cuerpo

la historia del sudor y la sal
la historia del miedo y del odio
pero también recuerdo la historia del amor

en el pecho llevo tatuado el nombre de mis padres
y el nombre de esta gran ciudad

algún día mi piel será devorada por gusanos
y también se comerán el nombre de mi pasado
y el nombre de esta tumba de piedra y arena

tres palabras:
                    el mar seco

creo que el mar se secó
de tanto esperar algún navegante
y sólo quedaron las dunas
como un recordatorio de la marea

un barco invisible
anclado en la memoria

y luego el calor
            y luego el silencio

¿qué rompe el silencio?
imaginar el romper de las olas en las piedras
como un galope

imaginar que entre un mar de cielo y arena
surca el viento cálido como un pequeño pez de fuego

aquí no hay mares ni ríos
sino unas ganas inmensas
de humedecerse los ojos

y a lo lejos un par de nubes distantes
amenazan con irse
las veo desde la ventana
desde la esquina
desde la cima
del mundo

el agua se fue de nuestro cuerpo
de nuestros ríos
y no sabemos a dónde

ya nadie llora

por eso algunos llevan
las lágrimas tatuadas
a la mejilla

aquí hace tiempo
la gente dejó de llorar
                sólo suda

imagino la lluvia

el día en que mi padre tuvo sed
alzó un machete al cielo
para cortar las nubes
y hacer que lloviera
un poco

yo abrí la boca
para beber toda el agua que no vi en los ríos

y mi padre sostuvo el machete en la mano
                    furioso
para defenderme del sol

papá me cuenta
que en la sierra hay árboles muy grandes
y yo no le creo

yo creo en otras cosas

en edificios muy grandes
por ejemplo
en computadoras
en aviones
en carros veloces

en caballos muertos
sepultados en la memoria

¿qué más puedo imaginar?

imagino mi nacimiento

nací en medio de una plaza
donde un hombre apuntaba al piso
aquí se habrá de fundar la ciudad

una pinta
de tu barrio

y nadie se preocupó
por la gente que ya vivía ahí
y no quería una ciudad

a mí nadie me preguntó
si quería nacer

¿en dónde quieres nacer?

las ciudades destruyen las costumbres
dice la voz en mi radio

¿en qué debes creer?
¿en qué debes confiar?

Rayena les dio a sus hijos el amanecer
se asomó por el horizonte
para visitar a la humanidad
para darles un poco de calor

y decirles que tuvieran cuidado
de las grandes edificaciones

las ciudades destruyen
todo

por eso los bandidos a caballo
huyen de las ciudades
porque huyen del mal

¿qué queda aquí?

soy hijo del norte
soy hijo de los cerros
que rodean mi ciudad
y también de un pueblo
que está perdido
entre las montañas
y en sus entrañas guarda
la sangre de mis antepasados
y el brillo de los metales

creía que la plata era blanca
brillante como la lluvia
en las noches
o como los reflejos del río
o del agua estancada junto
a las peñas
aún creía que iluminaba a la mina
como una gran cascada

mentira:
la plata es negra

mentira:
ahí no hay plata

soy hijo de las iglesias a medio caer
de los árboles
los pinos
de la ciudad de edificios altos
y de la gran contradicción
de no saber nada sobre mi tierra

mi madre me cuenta que en su pueblo siempre nevaba
y yo no conozco la nieve

no la misma que cae
en sus recuerdos

sobre mi cabeza hay un cielo limpio
que se precipita a la tierra en pequeñas gotas
que a veces Dios nos manda

sólo una vez
que yo recuerde
la vi caer

me la serví en un plato
y le puse leche

entonces mi padre me regañó
deja eso ahí
chamaco

y sólo le pregunté
a qué sabe el cielo

¿qué queda aquí?

soy hijo de la tierra
que mis padres me dejaron
sin que fuera suya

nací en medio de una plaza
donde un hombre apuntaba al piso

una estatua de bronce señalando la herida de luz
porque ha descubierto el nacimiento del sol

un pesebre arde como zarza
y un barco lleno de hombres de metal
surca los mares de arena

una vez alguien dijo
la pupila
llena de sol
alumbra el alma
y libera la mente

Vicente
Rogelio
mi padre

¿quién me lo dijo?

no sé
pero sé que este no es un poema

ni es un canto

esto es un lamento

vamos a aprender a hablar el idioma de Dios
y que la lengua se vuelva relámpago

vamos a volvernos piedra y viento
para danzar invocando misericordia

para volver al polvo y la ceniza
como un recordatorio del fin del mundo
y del origen de todas las cosas

por eso repito las palabras *Onorúame*
de
la cruz piedra
y
c
e
n
i
z
a
siete cruces de *teswino*
c i g u r i

en mi mano hay una placa
tres puntos
como sólo tres puntos puede tener la muerte

no puedo entender las líneas de mis manos
que anuncian mi futuro
porque tampoco entiendo mi pasado

los libros de español
matemáticas historia
ardieron una tarde
en que hacía mucho calor

el futuro es una línea en el horizonte
y una palabra sin nombrar

el pasado es un jardín
de pensamientos e ideas

crecen flores *in the border*
just in the line que separa la vida de la muerte
en la delgada y frágil línea que nos separa del paraíso

somos peregrinos perdidos treinta
o cuarenta años en el desierto

me morí a los veinte años y resucité a los treinta y tres
la edad de Cristo
tenía veintisiete o veintiún años
cuando conocí a mi padre

sus ojos estaban cerrados
y en sus manos sostenía un rosario

crecen flores *in the bridge*
just in the line que se tensa de la tierra al cielo
las nubes y el aliento de Dios

mi pasado no tiene voz

¿chí mu rewé?
nijé koriwé   sinnombre

no soy nadie
nada
pero ocupo un lugar en el mundo

¿qué es decir mundo?

es decir
una catedral a medio construir
una estatua señalando al piso
una plaza de armas vacía
un desierto que se pierden en el cielo
un bosque
un edificio gris y cuadrado
una casa de madera
un sol alto
una calle empedrada
la barda donde dice mi nombre
la Iglesia de la Soledad

la calle donde nací
la casa de Nellie Campobello
Cuchillo Parado
la nueva tumba de mi padre que me recuerda que la muerte existe
el pueblo donde vivieron mis abuelos
el Paseo Bolívar
San Juanito
Samalayuca
la frontera
y la tierra que piso justo ahora

un lugar en el mundo es un lugar en la palabra
una pregunta
                    ¿quién soy?
                    who's my brother?

el día en que mi hermano me habló de mi nacimiento
le pregunté por los años que llevábamos juntos

y le pregunté que cuando uno festeja su cumpleaños
qué está celebrando
                              ¿la vida o la muerte?

¿cómo contar la historia de mi pueblo
que también es mi historia?

conocimos al sol una mañana
que caminó sobre el agua

entonces le hicimos reverencia
para conocer a nuestra sombra

luego nos refugiamos en las montañas
para no verla nunca más

el sol caminó sobre el río
rojo

cuánta razón tenía Heráclito:
este río nunca es el mismo
porque siempre lleva sangre diferente

en los pueblitos del norte
siempre ha corrido la sangre

so cuidado
because life is a risk
carnalito

la vida es peligrosa
cuando caminas en una línea
tan frágil como esta
porque

on the streets de este barrio
            this country
ya no se respaldan
se matan
se tunden
se tumban
se tambalea
            la calle

desde la esquina veo morir al sol
y veo morir a mis carnales

a lo lejos
detrás de las montañas
una ciudad gris
una ciudad de oro
the city in the darkness   vato
la ciudad que nunca veré
la ciudad de la que no tengo recuerdos
porque en la memoria sólo atesoro
el discurso en la esquina
y el galope de un caballo que nunca monté
y ahora está muerto

guardo la herradura en mi buró
y a veces canto un par de canciones tristes
porque desde la muerte de mi padre
ya no hay canciones de amor.

NOTAS Y REFERENCIAS DE LOS POEMAS

Algunos de los textos que aparecen en cursivas en ciertos poemas, fueron extraídos de fuentes externas y se detallan a continuación:

P. 22. Fragmento extraído del corrido "Caballo de patas blancas", interpretado por Antonio Aguilar.
Pp. 33-34. Fragmentos del corrido "Pistoleros famosos", interpretado por Los Cadetes de Linares.
P. 38. Verso extraído del "Corrido del caballo blanco", interpretado por José Alfredo Jiménez.
P. 46. Versos de la canción infantil "Caballito blanco".
P. 50. El verso "*mi ranfla rifa como carreta de rey*" procede del poema "Mi barrio", de Javier Gálvez; la línea "*me cae de a madres que esta vida es el infierno y no chingaderas*" fue tomada de la película "El infierno", de Luis Estrada.
Pp. 55 y 57. Estrofas provenientes del corrido revolucionario "Carabina 30-30", interpretado por Los Alegres de Terán.
P. 67. Estrofa del "Corrido Villista", interpretado por Miguel Aceves Mejía.
Pp. 77 y 78. Extractos de la balada "Moriré en el río", interpretada por Los Silver de Beto Lozano.
P. 84. El verso "*las ciudades destruyen las costumbres*" pertenece a la canción "Las ciudades", interpretada por José Alfredo Jiménez.
P. 85. La estrofa pertenece al poema "Memoria de la plata", de Carlos Montemayor.
P. 94. "*En los pueblitos del norte/siempre ha corrido la sangre*" es un extracto del corrido "Pistoleros famosos", interpretado por Los Cadetes de Linares.

SOBRE EL AUTOR

LUIS FERNANDO RANGEL nació en 1995. Es narrador, poeta y editor. Es autor de los libros *Hotel Sputnik* y *Dibujar el fin del mundo*, así como de publicaciones en diversas revistas y antologías nacionales e internacionales. Su trabajo le ha merecido galardones como el Premio Nacional de Poesía "Germán List Arzbide", el Premio Estatal de Poesía Joven "Rogelio Treviño", la beca del curso de verano de la F,L,M. y la del Fondo Municipal para Artistas y Creadores de la ciudad de Chihuahua. Actualmente se desempeña como director editorial de Sangre ediciones, director general de la revista *Fósforo, literatura en breve*, y editor responsable de la revista *Metamorfosis*, además de formar parte del Departamento de Servicios Editoriales de la Facultad de Filosofía y Letras de la Universidad Autónoma de Chihuahua.

LAS MEDUSAS no se parecen en casi nada a los caballos. Quizás tan solo en que el lenguaje genético común a todos los organismos de la tierra es evidencia de que todos procedemos de un solo antecesor, de una única forma de vida primigenia que se produjo en nuestro planeta hace aproximadamente cuatro mil millones de años. Cabría enunciar también, acaso, su rotunda belleza y el hecho de que ambos fluyen graciosa y majestuosamente sobre su propio medio: la primera como si fuese la misma agua, el segundo como si estuviese hecho de viento.

Corridos de caballos, de Luis Fernando Rangel
se terminó de editar el mes de mayo de 2021
en la ciudad de Chihuahua, Chih., México.
Para su composición se usaron los tipos
Baskerville. Engravers Gothic BT
y Verdigris Pro.

www.ingramcontent.com/pod-product-compliance
Lightning Source LLC
LaVergne TN
LVHW041453190726
843491LV00008B/2355

* 9 7 8 6 0 7 9 9 1 4 8 2 0 *